KB116640

황사가 온 저녁

책 만 드 는 집 시 인 선 095

황사가 온 저녁

문홍원 시집

책만드는집

| 시인의 말 |

바람의 등 위에

성城가퀴를 넘나들던 바람이
근처 둔덕진 황톳길을 오를 즈음
나보다 더 분노했을 그 무엇을
한때 곰곰이 생각했었나 보다.

저 바람의 등에 그동안 내가 업혀 있었다는
사실을,

주위가 푸르게 짓무른 어느 날
나 또한 햇살처럼 깨닫게 되었다.

— 2017년 6월
문홍원

| 차례 |

1부

2부

3부

4부

1부

가장의 무게

밭둑에 웅대기는 쑥대를 뽑는다
쑥대 대신 썩다 만 목장갑이
쑥 뿌리 꼬옥 잡고 기어 나온다
올올이 스며든 쑥의 모세혈관이
햇살 아래 여리게 팔딱인다
목장갑을 떼어내다 말고
손아귀에 맴돌았을 힘을 꺼낸다
그 힘으로 인해 평안하였을
식솔들 까아만 눈동자도 따라 나온다
눈동자 밭둑 두리번거린 탓일까
발치에 흰 풀꽃이 환하다

쑥대를 뽑은 게 아니라
그날 밭둑에서
어느 가장이 짊어진
무게의 근원을
소리 소문 없이 꺼내고 말았다

장마

알몸으로 찾아왔다
핏발 덜 가신 눈빛뿐이다

숨 고르는 사물들에게서
초조한 냄새 번진다
설익은 감 두엇 떨어진다
이승의 한 모퉁이 흔들리기나 했을까
사랑은 그렇게 끝났다,

또그르르 푸른빛이
담장 밑에 몸을 숨기는
순간

침침하게 돌아앉아
여름은 헐떡이며
수음을 한다

찔끔찔끔 비 뿌린다

흉터

지나왔던 내 시선들은
여러 모양의 빛깔을 거느리고
몸 여기저기 박혀 있다

슬픈 표정으로 덜미 잡혀 온
그 아침나절의 시선은
외갓집 갓 베어낸 감나무 밑동 나이테에
뚜욱 뚝
핏방울 듣던 순간이다

칼날 따라 사라진 시간이
감나무에서 떨어진 도사리*
떫은 내음과 함께 손등에
푸르고 깊게 박혀 있다

* 덜 익은 채 떨어진 과일을 일컫는 우리말.

눈망울을 꺼내다

그해 장마 끝 풍경이 또랑또랑하다
염리동 셋집에서 통기타 치던 그날
눅눅한 싸전 침침한 불빛 너머로
어깨에 무슨 짐 그리 무거웠을까
노고산 저녁 햇살은 힘겹게 넘는다

왁자하던 선술집 노랫가락도
야경꾼 딱따기 지나자 뚜욱 끊기고
우리들이 떠돌던 길을 거기 놓아두고
고난한 하루는 문지방을 넘어왔다

뚜렷이 쌓인 그날의 기억을
염리동 떠나온 주름진 마음이
이제야 문 열고 꺼내는 것은
아직 거기에 떠도는 따뜻한
눈망울 탓일 터이다

꽃잎이 지다

한 삶을 내려놓기 전에
바람에게 말했다지요
저물어 목쉰 향내
비록 누추한 곳 맴돌지라도,

하늘에서 빛깔과 향내 점지받던 날
벅찬 울음 무릎 꿇어 뿌렸다지요

온몸 휘감던 그
빛줄기의 만개를 그
향내의 발자취를

지금 여기 그러안고
저세상으로 열린
거친 돌계단을
이슥하도록 홀로 서성이시나요

열매 익는 시간

1
새잎 틔운 날부터
드러내지 않았다
꽃들이 지고
누에 뽕잎 먹듯
시간들 사각사각 사라진 뒤에
수줍은 표정은 안으로만 말았다

2
낯선 시간은
익숙한 시간의 중심에
깃대 하나 꽂아둔 것이다
존재는 그리하여 빛나는 것
보라,
아픔인지 슬픔인지
기진한 이파리 사이로
저마다의 이야기보따리 안고
흔들흔들 나서는 행렬을 보시라

3

마음 졸이며 건너온 숱한 낮과 밤
안으로만 굴렸던 수줍음은
떳떳하게 이제 따뜻하다
살아 있음은 속으로만 재잘대는 것
훈훈하고 달콤하게 익어가는
아무래도 달달한 시간이다

하지 무렵

1

아침나절
두고 온 물건이
꼼짝 않고 거기

충혈된
눈만 하냥 비비고 있다

2

이 고개만 넘으면 시댁인데
시오 리 길 친정 마당가 선걸음에
부랴부랴 되짚어 오는 어머니의 한낮

두고 온 젖먹이는
보채다 지쳐 잠들었을까
젖물은 저고리 앞섶을 적시고
탱자나무 가시 시어미 눈초리는
대문 틈에 찬바람일 터

돌부리는 발끝만 붙잡네

시집살이 매운 해는 오늘에야말로
더디게 중천을 건너나 보네

3
일찍 홰에 올랐던 닭들이
끔벅이며 마당에 다시 나온다
송사리 떼 지천인
개울가 물총새는
물결만 시큰둥 바라본다
지워지지 않는 낮달의 부스러기를
먹이인 양 닭들이 쪼아댄다

밤이 읽다

흐벅지게 쏟아지는 별빛 아래서

밤은,
낮 동안의 풍경들을 품속에서 꺼내
낮이 걸어온 시간들을
해석한다

풀어낸 낮의 자취들은
나부끼는 나뭇잎 뒷부분에서
한때 건성으로 읽힌 적이 있다
밤의 손에 지금 위태롭게 들린 것은
심장 뜨거웠을 할딱거림과
데워져 거품 일었을 바람이
숨 가쁘게 버무려진 순간이다

모두 뒤돌아 앉아
까맣게 등을 보이는 시간
밤의 눈에 읽히고 되살아나는 풍경은

자신이 원래 빛이었음을

어둡게 고루 읽어내는 것이다

나무들이 흔들리는 이유

이 땅의 모든 풀들과 나무들은
정직하다 우리가 듣지 못하는 소리들을 듣기 때문이다 가장 근원적인 소리를
뿌리가 듣는다 나무들은
뿌리의 신호에 따라 가야 할 방향을 정한다
알고 보면 허공은 땅이 양보한 자리이기 때문이다 그 자리에 뿌리가 고루 드리워졌더라면
조금은 답답한 틈으로 하늘을 보았을 터
애당초,
가야 할 길과 가지 말아야 할 길을
스스로 알아서 발걸음 내디딘 탓에
나무는 가지 뻗어야 할 곳을
허공보다 먼저 알고 있었을지도 모른다

우리들이 흔히 남루한 상대방의 겉모습만으로
지레짐작하거나 엑스트라의 숱한 죽음에 대해서
눈길 한번 주지 않은 채
오로지 주인공만 바라보는 순간,

큰바람에도 끄떡없던 나무들이
미풍에도 흔들린다
바람 탓만은 아니다 나무들은
우리들의 무심한 마음 헤아리느라
이리저리 우리들을 훔쳐보는 것이다

쓸어 담다

장대비 그치자,
갈 길 바쁜 시냇물을
첨벙첨벙 건너가는 햇살이
그늘 찾아 숨어드는 저녁 무렵

먼저 와 있던 그늘은
떠날 채비로 숲이 소란스럽다
밤은 벌써 내일을 데려와
눅눅한 돗자리 펼치고
어디선가 따뜻한 음모가 번지나
잰비닥불* 허공에 희게 오른다

걸어온 길 도처에
눈빛 오롯이 남겨둔 채
먼 길 잘 왔노라고
하루를 쓸어 담는다

* 서남해안 지방의 사투리로 '모깃불'을 말함.

공동묘지 부근 1

–억새풀

떡다지* 유난히 붉은 흙더미는
봉분 앞 젖은 운동화와 함께
흰 뼈마디 투욱 툭 들추어내었다

연갈색 부들 가지 살 오른 방죽에서
물장난에 숨을 거둔 아이의 여름이
텀벙대다 말고 잠든 곳이다

갯바닥 치대며 썰물 지는 물이랑에
고르게 새겨지던 그날의 노을빛은
자지러지던 어미의 울음소리였다

떠난 자는 안식하리라,
산 자들은 실낱같은 위안으로
군말 없이 구덩일 팠지만
끝끝내 묻지 못한 슬픔이라도 있었을까
찌를 듯이 날카롭게 한 무더기
억새풀 불끈 일어서는 걸로 봐서는,

* 서남해안 암태도 신변 부락 공동묘지가 있는 야트막한 구릉지대를 일컬음.

공동묘지 부근 2

-어느 봉분

이승에 왔다 가는 길도 허기졌다
갑오농민전쟁 끝자락에
헛간 정분 얼마나 뜨거웠던지
마을에 흘러온 코흘리개 용새미는
큰대문집 마름으로 홀로 지내다가
붉은 흙 질펀하게 깔고 누웠다

이웃들과 함께 바닷일을 그리는가
발치에 밀물 드는 갯바람 소리

가뭄 끝 열흘을 꼬박 굶다가
뱃가죽 눌러 붙어 훌쩍 마을 떠난 후
그 누구도 여기 찾는 이 없어
무성한 잡초 이불 끌어당긴다

피붙이는 도대체 무슨 말인지
절레절레 머릴 흔드는 다복솔
주인 영감께 작대기 맞는 날이면

뒷산 솔밭에 납작 엎드려
괴성인지 신음인지 울부짖었다는 그,

누운 이들에게 이제 일어날 때라고
죽창 들고 드달렸던 애비 닮은 탓일까
무너져 가는 봉분들 사이에
유독, 한 곳만 짙푸르다

동지冬至가 가까워오면

누구에게나 오가는 계절이지만
사방에 찬 공기 행짜 부리는 날이면
숲은 바람에게
얼어가는 마음 주저없이 풀어주고
앞개울 바라보는 마을의 처마엔
햇살을 반사한 물결이 일렁이었다
폭설이라도 내리는 날은
앞산 너머로 사라지는 철새들 소리에
마을은 문틈에 귀를 세우고
들 사람은 모두 왔다는 듯이
동구 밖 눈 덮인 신작로에
마지막 발자국 홀로 얼어갈 즈음
집집마다 램프 누렇게 불 밝혀
남새밭에 묻어둔 무를 꺼내 오기도 하고
쩌엉 쩡 앞개울 얼음장 터지는 소리가
군불 지피는 정지문 앞에 밀려오는 것이었다

얼음마저도 녹일 기세였으리라

이웃 마을에 닭서리 나섰던 맨발이었던 그 밤은
도회지로 열린 길만큼이 길었었으니

냇가에 살얼음 몇 장 덮이면
마을에 올해도 동지가 왔겠다

되돌아갈 수 없는
그날에게로 다시는,

달맞이꽃

해마다 보름쯤이면
새벽녘에 슬며시 제 뼈를 묻고 가던
동산 기슭에 흰나비 꽃이 층층이 피었다

가슴에 기대어 환하게 웃던 사람이 있었다
오늘, 저 꽃 만나려고
간밤 내 꿈 속에 그 사람이
내 옷깃을 끌었나 보다

펄럭일 때마다 달빛 부서지는
하염없이,
날개짓 따라 내가
꿈 밖으로 꺼내어 졌나 보다

녹진鹿津에서 길을 잃다

추적추적 비 뿌린다
마음 추스르며 황톳길을 간다
가뭄 끝머리라서일까
간밤엔 도깨비불 여기저기 희번덕거렸다

옷자락 자꾸 휘감는 것은
오백 년 유배지 녹진을 떠돌던
어느 억울한 사내 한숨 자락인가
울돌목 세차게 휘도는 물줄기는
불같은 우리 수군水軍 성정인가
눈물인지 빗물인지 볼을 적시고
불끈불끈 주먹에 힘이 든다

녹진이라 사슴 나루 물굽이 포구
물속에 열린 길 따라
세찬 빗줄기 머릴 풀어
하나 둘 하나 둘 자맥질한다

2부

연緣

수 킬로미터 떨어진 곳에서
새끼 거미를 건드리면
어미 거미가 움찔한다는데

나를 건드리면
가까이에서라도
누가 움찔할까

치매 잡수신 어머니는
늦잠 습관 탓에
요양원 아침밥도 거르셨겠다

언제부턴가
내 손등에 나타난 갈색 반점은
어머니
왼빰에 피어난
늦가을 광대버섯 빛깔이다

바람은,

골목 서성이는 비닐봉지에
바람 가득 혼자 일렁인다
낚아채 들어간 봉지 속 바람은
찡그린 채 묵상 중일까
봉지가 고요히 쭈글쭈글하다

바람은 애초부터
비닐봉지가 아니었을까
텅 빈 비닐봉지 근처에만
유독 신나게 출몰한다

부풀려서 혹시
둥글게 말린 제 자신을
세상 밖으로
굴리고 싶었던 것은 아니었을까

만국기

운동회 끝난 지 오래인데
며칠째 공중에 나부낀다

그날의 딱총 소리와
함성과 흙먼지를 회상하며
허둥지둥 달려온 숨소리도
저기 어디엔가 묻어 있을까

횟가루 풀풀 날리던 트랙을
두 주먹 불끈 쥔 채
나 보란 듯이 드달리는 바람을
온몸 흔들어 응원하고 있다

우산

사람들 마음 한가운데에
공작새 한 마리 살고 있다

비가 내리는 날에만
성큼성큼 몸 밖으로 나온다

누구도 그를 유혹하지 않았음에도
기꺼이 날개를 쫘악 편다

숙명처럼 날개를 접는 순간은
비가 그쳐
주위의 발정을 외면하는 것이다

눈짓만으로 새싹은

머물 수 없어 나선 걸음이다
내 어미 꽃술에 날아든
일벌의 부드러운 더듬이가
한순간 점지해준 눈빛 따라서
씨방을 열고 나선 길이다

흙 속을 캄캄히 헤매던 순간에도
더듬이의 눈짓만 생각했다
한눈팔지 않는다고 바람이여
한사코 정수리 후려치지 마시라

그날 떨구고 간 눈짓만으로
시방,
갈 길 아득히 멀기만 하다

꽃의 문장

편지가 사라진 날들이다
지면紙面을 휘감던 마음 자락
서로에게 물들이다 어디로들 떠났을까

깜깜한 밤 별들은
반짝거림으로 이 땅과 교신한다
별들과 나무들 사이를 훔쳐본 자는
꽃의 한가운데서
별이 피어나는 것을 안다

이 땅에 지천인 꽃들은
별들과 주고받은
은밀한 문장임에 틀림없다

두고 온 것이 많다
–폐가에서

늘어진 햇살 거느리고
무릎 꺾인 한낮이
산마루 넘어간다

아무래도 아니다 싶어
담장 너머로
몇 날 며칠 외지 가늠했을 식솔들
꿈길에라도 훌쩍 다녀갔을까
늦게 핀 능소화 두어 송이
담장 밑을 서성인다

불룩한 씨주머니 흔들어
봉숭아 대궁 두엇
가라앉는 적막을 깨운다
잠자리 날아와 휘이 둘러보는 사이
뒤란의 대숲이 일렁인다

우리는 참, 거기에
두고 온 것이 많다

마른 풀들은

-몽골시편 1

기다림도 막막할 때가 있다
하냥 기다리는 일은
결국 자신을 추스르는 일
누구에게나 스쳐 갔을
물기 품은 시간들 훌쩍 지나고
오칠라레* 오칠라레
모래 속에 발끝 밀어 넣는다
벌판에 봄소식 밀려오고
웅성웅성 모래바람 일어서는 날이면
너 큰 바람 닥치기 전에
그악스럽게 땅 움켜쥔 탓일까
손톱 밑 붉게 피 맺힌 채
숭숭 뚫린
해진 게르 여기저기 세운다

* '미안합니다'를 뜻하는 몽골어.

꽃이라도 벙글어야
-몽골시편 2

종종걸음을 쳐야 한다
목은 더 내밀 수 없다
추위는 생각보다 서둘러 온다
희디흰 구름 몇 조각으로는
말라가는 정수리 당장 가릴 수 없다

별빛에 익어가는 눈동자
별빛 닮은 키 낮은 이파리들이다

이 땅에 향기 한 줌 뿌리기 위해
서둘러 꽃잎 틔워야 한다
칼바람 밀려오기 전에
꽃이라도 여기저기 벙글어야
기다림에 지친 메마른 들판을
허우적허우적 건널 수 있다

등 굽었으나 결코 비굴하지 않게

바위 홀로 야위다
-몽골시편 3

아는 자들은 알고 있다
무거운 몸 껴안은 채
칼바람 견디며 뿌리내린 외로움을
테를지공원* 길가 어디쯤에
바윗덩이 굴러와 멈춰 섰다
해 뜨는 순간부터 어둠에 묻힐 때까지
키 낮은 풀들 사이 홀로 박혀서
간절함이 몇만 년 입안 맴돌았을까
쉰 목소리 바람결에 들리는 듯하다
머무는 곳이 비록 그럴싸하더라도
그림자만이라도
이 외로움에서 꺼내주시라

마른 이끼 듬성한 바위 홀로 야위다

* 몽골 울란바토르에서 동북 방향 70km 거리에 있는 국립공원.

사막을 걷는 사막이
–몽골시편 4

고른 미소로 다가선다
삭사울나무 근처 키 낮은 그림자도
빗깨어진 사금파리처럼 빛났다
고르게 내린 빛이라도 화평할 수만은 없다
이 순간에도 양 떼를 몰아
사람들은 느릿느릿 모래땅을 건너가지만
어떤 이는 게르를 어깨에 멘 채
어두운 낯빛으로 도회지에 스며든다

고비사막 햇살은
차별을 이미 외쳤던 건 아닐까

차창 때리는 모래바람이 따갑다

사막을 걷는 사막이

하늘 가득 먹구름 우기를 만나
양손 가득 관목을 들고
비에 젖을 그날은 아득하다

경계境界를 묻다

1

흘러가는 계곡물이
웅덩이 만나 웅얼댄다
물고랑과 이랑이 비비적거리는 사이
지금 물이 채우고 있는 공간은
한때 참새들이 내려와
깃털 어디까지 적셨던 곳일까

2

달빛 휘영청 밤길을 걷다가
쉼 없이 따라오는
어둡게 올려다보는 그림자에게
지금 무엇을 보느냐고 묻는 순간
저 영혼 한 솔기에 감전이라도 되는 걸까

3

두리번거리는 침묵이란
얼마나 큰 말썽꾸러긴가

뱉지도 못하고 삼키지도 못한 채
지문 닳도록 어루만지며
그 자리에 서서 바라보는 일

4
모든,
경계에 서 있는 것들은
서로를 매끄럽게 더듬는 사이
진저리 칠 만큼 쓸쓸해진다
무덤 속 망자의 손톱이 자라
봉분에서 뿌리 내린 풀뿌리와
맞닿은 순간보다도 더,

밤길

1

어둠은 두고 간다

흙바람이 오르다 주저앉은 자리

사위는 햇살 그림자에

마음 비추며 간다

2

한때 밝은 눈동자 머물렀을 자리

엉거주춤 어깨 낮게 들썩이는 바람

느티나무 곁에 나부낀다

순간 뜨거웠을 숨소리

밀어 올리다 밀고 턱밑에 서 있다

3

먹구름이 달을 가린다

떴다가 지는 동안

마음에 새겼을 휘황을

잃은 지 너무 오래인 것일까

땅에 내린 달빛은
검은 숲 자락 근처에 일렁일 뿐이다

4
길섶에는 환한 날 동안
흔들리며 나눴던 눈빛을 거두고
점지받은 시간만큼
깍지 낀 어둠을 풀어내기 위해
발끝에 힘을 모은다

5
강물에 몸 던지는 무거운 것들은
실낱같은 운명을 타고난 것인가
가벼이 머릴 푸는 물안개
떠나야만 하는 영혼일까
달빛에 홀려
강 따라나선 걸음이 가볍다

6

두고 온 것이 그리워지는 시간
부스럭거릴 때마다
차가운 마음은 뒤돌아보고
어디에도 밤은 널브러져
이마 싸늘한 광경을 펼친다

대나무 소견 1

대나무는 마디를 짓는다
한 굽이 넘어온 기억을
바람과 함께 그 마디 속에 가둔다

마디 옹이는 어떤 칼날도
쉽게 용납하지 않는다
속내를 단연코 감추려는 탓일까
가지조차 옆으로 잘 뻗지 않는다

마디 근처에서 손 벌린 대나무 몇 잎만으로
마디 속 낌새를 확인하기도 하지만
굴곡진 사연을 올곧게 펴야 할
절체절명의 당위가 숨어 있나 보다

저토록 단단히 마디 짓는 걸로 봐서는,

대나무 소견 2

대나무는 마디를 세우려 할 때
곧은 뿌리 땅속에 한 마디 밀어 넣고
순식간에 한 켜 쑤욱 올린다

외피가 왜 단단한지 그 이유를
마디를 쪼개보면 안다, 거기에는
얇은 막이 하늘댄다

한 켜 올려지는 순간부터
바깥을 가늠하기 위하여
캄캄히 침묵했을 순간의 축적이다

한 마디 세웠음을 자축하여 뻗어낸
댓잎에 스치는 바람 소리
별똥별 스치는 소리 바람 소리 천둥소리
얇은 막에는 바람의 흔적들이 새겨져 있다

외피는 소리들을 기록하기 위해

단단히 감싸줬어야 했다
대나무 근방이 소란스런 이유를
곰곰이 헤아리는 사이

외피를 원망하기라도 하듯,
쪼개진 대쪽 부근에

바람의 기록들이 찢기고 있다

석양 무렵 1

서늘한 바람 사방에 흩어져
다시 모을수록 그리워지는 것이
이별 뒤 스산한 마음밭인데

이즈음 어쩌자고 그리움 들고 와
마음 언저리 슬쩍슬쩍 들추며
핏빛 울음 가없이 뿌리시는가

돌아서 터벅터벅 걸어온 지
이미 오래인데 어찌하라고
글썽이는 별들 한 움큼 쥐고 와서,

석양 무렵 2

너도나도 저기에 떨구고 간 시간을
양해도 없이 누가 저리 그러모아 태울까

구름 사이 듬성한 주황빛 공터
무쇠솥에서 익어가는 밥 냄새 따라
허기진 마음 둥글게 웅크린다

늙은 팽나무 눅눅한 틈새 뚫고
팽이버섯 송알송알 머릴 내밀 즈음
발그레 물들여지는 저 웅얼거림

먼 곳이란

–중국 운남성 고산지대 묘족 마을에서

바람도 숨차다
오르다 보면 길섶의 풀꽃들도
구름과 별이 된 지 오래
길은
흙 묻은 소식을 주섬주섬 들고
산마을 오르내린 지 수천 년
비탈밭에 엎드린 작물들은
바람결에 경문經文을 읊고 있다

이들의 마음엔 군데군데
수천 년 묵은 그늘이 드리워져 있다
그늘을 들추고 나서는 표정들에는
구름과 별빛이 묻어 있다
각자의 방언으로 마음 더듬는 사이
저 빛은 가끔씩 비어져 나온다

도회지 배회하다 여기 온 자는
정작 먼 곳을 바라보지 못한다

원래 먼 곳이란
바람과 구름의 자리이기 때문이다
지금이라 말하는 순간에도
푸석푸석한 안남미 밥그릇에
흰 구름과 간밤 별빛이 소복하다
그사이
구름이 손안에 머물다 간다

여름이 날아다닌다

늦봄이 허물을 벗는다
껍질 고이 감추었던
허물이 풀리고
여름이 날아다닌다

저 빛은
어느 나라에서 온
섬세한 염색공인가
봄이 벗어놓은 허물까지도
꼼꼼하게 물들이는

시도 때도 없이
푸른 눈물을
천지사방에 물들이고 있다

3부

심상치 않다

살금살금 그늘진 곳으로
주차 중인 승용차 바퀴 안쪽이거나
그림자 드리운 담벼락에 바짝,

그도 그럴 것이다
일제 치하 떵떵거렸던
친일파 그 후손들이
소리 소문 없이 출몰하듯이
사자나 호랑이가 같은 과科라 하여
발가락 사이 발톱 꼭꼭 숨긴 채
째려보는
저 눈빛이 불길하다

어느 순간 열 발톱 모두 세우고
반드시 일어나리라 외치는 듯한
길냥이 저 눈빛이
심상치 않다

비명悲鳴이 끓고 있다

능이버섯 오리 백숙이 끓고 있다

내가 뜨거워지지 않고서야
쉬이 누구를 데울 수 있으랴
들판인지 둠벙인지 지나왔던 길 위에
꽤애액 비명 남겼던 탓에
뭉툭한 고깃덩이로 토막 나 있다

몸에 휘감기는 웃음소리 박수 소리
이제야 조금은 알 듯하다
뜨겁다는 말은 속으로만 새기며
내려놓아야만 누구에게든 스며드는 것

물갈퀴 반짝이던 오리였다는 사실을
검은 버섯에게 넌지시 말할 때
나도 이처럼 내려놓았노라고
끓는 물 속으로 자맥질한다

움켜쥔 무엇이 남아 있었던지
방울진 비명이 몸통 위에
부글부글 다시 끓고 있다

비의 힘

힘은, 늘 주먹 안에서 멈춘다
발산하지 못한 묵직한 그 무엇으로
등줄기 때로 이는 서늘했을 터

뭉쳐 있는 자신이 미웠을 것이다

누군가는 가진 권력과 재물로
사이렌 소리 없이 휘둘러도
세상은 조용하게 저문다

땅 밖에는 힘들이지 않고
누구나 떠다니는 평평한 무중력

꿈속에 벅차게 가두었다가
눈뜨고 나면
연기처럼 사라지는
땅 밖으로부터 잔뜩 힘 머금은 단비가 내린다

비의 힘은
날카롭거나 휘두르지 않는다
적시는 것으로 비는 이 땅에
힘을 고르게 풀어 넣는다

태풍

단단히 별렀던 낌새다
희망 언저리 꿈꾸던 들녘을
쓰러지면 짓뭉개고 다시 쓰러뜨리고
모든 그늘 밑은 수색 종료,

앞선 정탐꾼이 소리소리 지른다
산으로 오라는 신호다
나무들이 웅성댄다
귀싸대기 맞을 생각에
바위들은 눈을 질끈 감고

시도 때도 없이 들이대는 저 힘에
오솔길은 납작 엎드린다
끼리끼리 꾸며대는 모략은
남녘에 할퀸 자국 도처에 남기고,

무모한 힘은 완강하다
그의 몸 어디에나

불결한 피 흐르거나
묻어 있다

제주 바람

바다로부터 오는 것이
항상 싱싱한 것은 아니다
뿌리째 뽑아낼 심사가
아니고서는

잇몸도 무너졌는데
습관처럼
불을 댕기는 애연가처럼
제 버릇은 정말 버릴 수 없나 보다

기별도 없이 출몰하는 바람은
아니다, 그게 아니라고 얼굴 후려친다
켕기는 것이 있나 보다
백성들은 몰라도 될
그 무엇이 있긴 있나 보다

비린내 코를 잡게 하고
눈조차 못 뜨게 하는 이 드센
바람이,

돌의 소리

–역사 국정화

길가에 뒹구는 잔돌들도
숨소리 가다듬어 사초를 쓴다
풀대궁 한 켜 올릴 때마다
구름과 별과 바람의 스침을
꽃술 위에 가지런히 옮겨 새긴다

꽃술 위에 맴돌거나
색깔로 잠겨 있는 것들이 정녕
돌의 소리만은 아닐 것이다

길가 풀꽃을 꺾는 일은
바람과 별과 구름의 기록을
한순간에 짓밟는 일이다

누가 함부로 풀꽃을 꺾는가
몇몇 드센 목소리 앞세워
하늘의 지문을 짓뭉개려 하는가
선조의 숨결을 이 벌건 대낮에
아무런 고유告由 없이 끊으려 하는가

씨씨티비

검은 정장만이 내 옷이라고 했다
발끝 꼿꼿하게 세우고
어둠 끝까지 파수해야 한다
천형天刑처럼 묶인 몸통과 얼굴에
찬비 칼바람 휘몰아쳐도

눈 뜬 채 드는 잠을 어찌 잠이라 하겠는가
몸 안에 스며든 풍경들이 부글댄다
간밤 대머리 사내와 여자가
담장에서 나눈 몸짓만 또렷하다

누군가 나를 노려보고 있다

부끄러운 일 한 적 없는데
차마 고개를 들 수가 없다

고드름

몇 날째 홀로 시위 중이다

행인들 뒷모습이 어둡다

너는 왜 세상을 향해

핏발 선 눈빛 거두지 않는 거냐

찬 바람 몰려와 싸대기 또 후려친다

시도 때도 없이 손찌검해대는

바람이 웅성이다 떠나간 자리

이를 악문 분노가

거기 시퍼렇게 매달렸다

문지르다 간다

칼이 거기 있었다
배낭 깊은 곳에서 나와
눈 부릅뜨고 꼬나본다
설마 거기 있었을까 잊고 있던 칼

가족의 생계를 서두르다
주방에서 칼날 뭉툭해졌거나
맹세를 앞두고 누군가의
손가락 마디 단번에 끊어냈을
그런 칼은 단연코 아니지만

벼린 순간 아직 살아 있는 듯해
칼을 들어
멀뚱하니 꼬나본다

바람보다 더 차가운
겨울 구름 한 조각이
칼날 위에 혀를 문지르다 간다

동백이 지다

강진 백련사 뒤울에 떨어진
피범벅 모가지를 본 적이 있는가
삭정이 굵은 모래 더러는 베고 누워
안으로만 끓고 있는 외침을 듣는가
저희끼리 오가는 음흉한 미소
비아냥 꾸욱 꾹 견디면서
살아 피 도는 목울대 부여잡고
울고 싶을 때 울 수도 없다고
맨발로 온 봄이 대숲 근방에서
애먼 대나무만 흔들고 있다

이런 날이면,
잇몸 누런 서넛이 둘러앉아
느릿느릿 삼봉이나 때리면서
귓속 파고드는 누군가를 안주 삼아
술잔 뜨겁게 기울이고 싶다

떼거리 황사 이 땅에 몰려와
목이 이토록 칼칼한 날에는,

황사가 온 저녁

어스름 저녁까지
여기 살아 있는 자들은
얼굴이며 목덜미
머리카락까지 고루 씻긴다

누가 먼저랄 것도 없이
섞이는 것들은 날개를 달고
풍화된 낙타의 배설물이나
들짐승 눈빛 박힌 모래까지
소리 소문 없이 날아들었다

한때는 초점 잃은 초원 언덕에
누렇게 솟아오른 달의 눈빛을
잎새마다 물들이던 삭사울나무 숲
배회하던 개미들 더듬이 부스러기와
들쥐들의 숨소리도 섞여 있다

막상 씻으려 문을 나서면

듬성듬성 흔들리는 앞니
문밖엔 두려움에 떠는 싯누런
초점 잃은 눈동자뿐이다

죽은 자들의 자디잘게 숨을 거둔
순간의 꿈을 추모하는 일은

정녕 이곳에서는
씻긴 자들의 몸짓일 뿐이다

움츠린 자들의 눈물

선지자의 목소리 잠긴 지 오래이다
입술 마른 기도문을 중얼거리며
강은 차츰 메말라간다
고도Godot를 기다리던 사람들은
나무 끝 내려앉을 새들을 기다리다
어둠이 오기 전에 깊이 잠들었다
우레와 번개
산골짜기 빠져나간 지 오래,

깨진 종소리 오솔길 외롭게 걷고 있다
살얼음 낀 개울가 햇살 홀로 뜨거운데
한 번뿐인 영혼이 긷고 있는 것은
부복俯伏을 멈춘 기나긴 호흡이다
어찌해야 할 것인가
신을 파는 자들은 호화로운 식탁 펼치고
무거운 짐 진 자들 아궁이 불 꺼진 지 오래,

호흡을 멈추고 가슴 깊은 곳

마지막 빗줄기 소식 움켜쥔 채
낮게 움츠린 자들의 눈물이
이 땅을 적시는 날들이다

치통을 앓다

-코끼리의 엄니는 상아이다. 상아가 제일 큰 자가 무리의 지도자다.
지도자의 지혜에 따라 무리는 살아간다. 상아는, 먹이 찾으러 가는 길과 물터 찾아가는, 적확한
정보가 담긴 코끼리 내비게이션이다.

문서에 도장을 찍던 때가 있었다
닭 피와 솜 버무린 자박한 인주에
그때 우윳빛 상아 도장 들어
암보셀리공원 푸르름을 찍었었다

뜨겁고 지루한 아프리카 햇살이
서랍 틈새로 비어져 내리는 시각이면
타들어 가는 벤두우마을을
터벅터벅 건너간 코끼리 가족의
울음소리도 찍었다

뜨거운 바람 몰고 저만치 멀리서

저녁이 오고 도회지 회색 물살에 밀리고 부대끼다가
파지처럼 구겨졌던 중년에도 밤이 왔었다

생각해보면,
코끼리 엄니가 그만큼 자라도록
살금살금 나도 따라왔었으리라
어디론가 사라진 상아 도장처럼
무리 지어 떠나간 그들의 몸짓처럼
잃어버린 것투성이인 내가

지독한 치통을 앓으면서
오십 중반을 슬쩍 넘고 있다

몇이나 될까

–초등학교 동창회

건어물전 아가미 꿰인 노가리들은
추억이란 말을 체념한 탓일까
누렇게 모두들 말라간다

앞자리 여학생 곱게 땋은 머리채
스읔 잡아당기고 의자 밑에 엎드려
웃음 참던 눈자위마다에
잔주름 더러 올라붙었다

기계총 옮은 까까머리에서
흰 가루 풀풀 날리며
헝겊 허리띠 졸라매던 손등에
검버섯 하나둘 밑자릴 잡고

그날 햇살 따가웠던 유년의 한낮
발치 스치며 달아나던 물고기들
함께 멱 감던 우리들 놔두고
방죽에서 모두 사라졌지만

허우대만 멀쩡한 채
우리들도 어느샌가 말라가는 걸까

아득했던 그날의 순간들
슬며시 끼어들어 나도 여기 있노라고
지금 우리들 곁에서 울렁일 때
비틀거리지 않을 자 과연 몇이나 될까

문들은 닫히고

집과 집들 사이에는
문과 문들을 향한
골목이 있어 도처에 사연들이
떠다닌다

홍수 되어
집과 집들 사이에 흐르기도 하지만
익사자는 아직 발견되지 않았다

정처 없는 발길이 맴도나 보다
철 이른 감잎 몇 이파리 떨어져
이리저리 골목 안을 서성인다

스치는 사연들 아랑곳없이
문들은 굳게 닫히고

나뭇잎이 골목에 떨어진다

나만 그럴까

어둠 때문만은 아닐 테지만
서로에게 이끌리지 않는 불빛은
그 어디에도 없나 보다

아파트 거실의 불빛이
건너 동棟 거실 불빛을 만나
나무 그늘 밑으로 사라진다

제 몸에서
한순간도 떨어지지 않으려는
그림자 던지기에 열중했을
나무들 사이에 뒹구는 나뭇잎 두엇만으로
간밤 불빛의 흔적은 확인된다

불빛들은 서로 신났을 테지만
나는 생각해본 적이 없다,
건너 동 같은 층에 사는 사람이
누구인지에 대해
단 한 번도,

멀어져 간다

파푸아뉴기니 숲 속에는
바우어새*들이 살아간다
수컷들은
대소쿠리만 한 삼각뿔 집을 짓고
형형색색 열매와 나뭇잎으로
정원을 꾸며놓아 암컷을 유혹한다

사랑은 바람처럼 떠도나 보다
외쳐도 오지 않는 암컷들을 위해
최근에는,
붉고 노란 색깔 비닐 조각과
찌그러진 음료수 캔까지 물어 와
본 적도 없는 경운기 비행기 소리
눈물겹도록 외쳐대지만
사랑은 정녕 멀기만 하나 보다

암컷들 외면의 두께만큼
집 주위에 비에 젖은 쓰레기들만

차곡차곡 쌓여간다

* 파푸아뉴기니의 숲 속에 사는 일명 정원사 새를 말함.

4부

저릿저릿하다

–젊은 망자의 빈소에서

발바닥이
저릿저릿하다

망자가 걷다 만 길을

걸어야 할

미망인의 발과
고물고물 세 자녀의 발을

물끄러미
바라보노라니,

몽골, 기도문을 훔쳐 읽다

머물러야 할 곳을 아는 자들은 제자리에서
낮게 몸 웅크리고 웅얼댄다
바람 따라 재바르게 올라가는 소리
집 안에 깊이 여며두었던
마음속 쓰라린 간절함도
구름 따라 저기 하늘에 오른다

오르다 말고 바람 갈피에서
퍼덕거리기 일쑤인 웅얼거림과
구름에서 풀어진 간절함의
터진 부분을
한 땀 한 땀 흔들리며 깁고 있다

이 땅에 간구는 도처에 있지 않다
손끝에서 터진 핏방울이
황량한 땅에 떨어져
붉게 피어오르는 절절한 소망을 움켜 들고
나직나직 걷는 자들의 눈동자에 있다

그것은 순례자 해진 발끝에 쌓여
먼지의 더께만큼 깊어진
시간이 멈춘 잿빛 모래벌판에서
영혼의 소리를 긷고 있는
웅크렸던 기억만이 증명한다

새가 울다

울창한 숲 속,

부리 끝에서 뒹굴다가
귀 후빌 때만 찾아와서
구부러진 대롱을 풀어놓는다

커트 머리 여자는 나무 아래 서성이고
숲에 가라앉은 풍경은
둥근 소리에 묻힌다

밤이면 그 소리는
둘둘 말린 채 귓속에서
바람 빠진 잠을 청한다

노자시편 9

–기자불립企者不立*

소위 유명 인사가 죽었다

억장 무너지게 했던
비열한 행실을 모두 감추고
영정 속에 버젓이 웃고 있다

발끝으로 서려 했던 자를
지금
흰 국화들이
위태롭게 붙잡고 있다

국화 더미에서는
그 어떤 향내도 번지지 않는다

* 『노자도덕경』 24장에 나오는 말로 '발꿈치로는 오래 서 있을 수 없다'는 뜻.

노자시편 10

–박진우 형께(좌기예 동기진挫其銳 同其塵*)

열사의 땅에서 깎았다
모래 한 톨 한 톨 주워 와
막사 뒤켠 주저앉아 깎았다
낮은 곳에 이를수록 오히려
몸은 가벼운 법

높은 곳은 아득히 날카롭다
티끌이 몸속을 휘젓는 동안
모래 냄새는 코끝에서 따뜻했다
사람과 사람 사이의 길이 보였다

다시 돌아온 이 땅
숲 그늘 아래로
고요히 흐르는 물소리 따라간다
산봉우리 잊은 지 오래인 몸에서
키 낮은 풀들이 우북수북 자란다

어느 한 순간도 마다 않고

더 낮은 곳으로 발 제겨디딘다

* 『노자도덕경』 4장에 나오는 말로 '날카로움을 깎아버리고 티끌과 하나가 된다'는 뜻.

흔적을 남기는 일은

그루터기는,
숲을 떠난 나무가 언젠가 만들었던
그늘을 다시 찾기 위해 세워둔 증거이다

휘갈겨 쓴 글씨를 액자에 넣어
식당 벽에 걸어두었는데
다시 오마고 굳은 약속이나 했을까
보는 자가 증명하기란 무모하다

남산 팔각정 주변 전망대에 가보라
선남선녀의
영원할 것 같은 묵계를
입 다문 자물통이 지키고 있다
마음속에 새겼을 사랑의 다짐을
자물통을 들추며 증명하려 드는 자의
속내는 정말로 속수무책이다

나무이거나 돌이라면 모를까,

돌아올 순간의 증거를 위해
여기저기 흔적을 남기는 일은
아무짝에도 쓸모없는 일이다

잡초를 뽑으며

손끝에서
푸르다 못해 검게
짓무른 사랑이다
까발려져 숨죽이고

부욱 북 햇살 찢어
처억 척 온몸에 휘감은 채
이승 이편 틈바구니에
푸른 피 흘리는 저승 내 나는
사랑이다

자기 방식으로
흙을 짓씹던 추억을
뻔뻔한 표정으로 꼬나보는
질긴 숨결,
혹은 사랑

고목古木

모든 비어 있는 것은
소리가 난다
요란한 소리일수록
비어 있는 공간이 넓다
새어 나가지 않는다고
믿는 것은 정작 자신뿐이다

누구에게나
저러한 때가 있다

채워진 것은
소리를 거두어들인다
무거운 것일수록
찬찬히
소리의 근원을 헤아릴 뿐

소리를 가둔 만큼 길어진
깊은 뿌리가 시끌벅적하다

레테*에서

목마름을 견딘다

몇 굽이 넘어 여기까지 왔을까

이승에서의 발자취

상처 난 말言語들이 여울목 지나면서

아, 두고 갈 것이 무겁다

마지막 돌다리 하나 젊어진 채

강가를 서성인다

무거울수록 목은 타들어 간다

지나온 기억을 지우시라는 듯

강물은 발치에서 맑게 흐른다

* 그리스 신화에 나오는 강으로 이승에서 저승으로 건너가는 강 중 하나. 이 강물을 한 모금 마시면 기억을 모조리 잊게 된다고 함.

| 해설 |

시간과 공간을 초월하는 시의 힘

이승하 시인

노벨문학상 수상자가 발표되는 10월이 되면 국내의 언론이나 문단에서는 이 상을 화제로 삼는 일이 잦아진다. 아시아인 가운데 인도의 타고르, 일본의 가와바타 야스나리와 오에 겐자부로, 중국의 모옌(중국인 가오싱젠은 프랑스 국적으로 받아 중국인 수상자로 치지 않는다)이 받자 우리 문학을 사랑하는 많은 이들이 이 상의 수상자로 모모 문인을 거론하며 희망을 피력하곤 했다. 아시아인 수상자 네 명 중 세 명이 소설가고 한 명이 시인이다. 시인 타고르는 100여 년 전인 1913년도 수상자다.

우리나라 문인들이 이 상을 수상하려면 어떻게 준비해야 하는지 하는 자구책 같은 것을 문예지들이 종종 특집으로 마련한다. 작년에 이 상의 수상자로 가수 밥 딜런이 결정되었을 때, 가장 크게 놀란 것은 그간 후보자로 이름이 올라가곤 했던 한국의 몇몇 문인이 아니었을까. 스웨덴 한림원이 지난 시대의 음유시인이었던 밥 딜런을 노벨문학상 수상자로 결정한 것에 대해 우리 문단은 놀라는 것으로 그칠 것이 아니라 이른바 '노래하는' 시를 다시 생각해보는 계기로 삼아야 한다. 한국 시의 현황을 보라. 시가 노래를 잃은 지 오래다. 시집이 안 팔리는 이유가 반드시 거기에 있다고 말하기엔 지나친 감이 있지만, 노래하듯 읽을 수 있는 시를 만나기 어려운 현실을 외면할 수는 없다. 시집을 상품 가치로 운위하는 것은 부끄러운 일이나, 시가 안 읽히는 현상이 시집이 안 팔리는 것으로 표면화되고 있는 것을 어찌 간과할 수 있겠는가. 대부분의 출판사에서는 시집을 낸 시인에게 대량 구입해줄 것을 요청하고 있다. 시인이 대량 사서 지인들에게 증정하지만, 독자는 이미 오래전부터 시집을 외면해버렸다.

그 이유가 어디에 있을까 생각해보아야 한다. 미래파 이후 시가 지나치게 난해해졌고, 산문시 형태를 띠는 것이 많아졌으며, 시마다 말들이 많아져 서너 페이지를 넘기는 것은 예사로운 일이 되었다. 산문시가 대세라고 말하는 이들이 있을 정도다. 신인 등용문인 신춘문예 당선작 중에도 잘 이해되지 않는 시들이 있다. 무슨 뜻인지, 의미 파악이 안 되는 시는 문예지상에도 차고 넘친다. 반대급부인지 시조 지망생과 시조 잡지가 부쩍 늘었고, 시 낭송을 배우는 사람이 기하급수적으로 늘고 있다. 많은 시인 지망생들이 시조에 관심을 갖고 일반인들이 시 낭송을 열심히 공부하는 이유는 시가 제 기능을 못하고 있기 때문이다. 시를 읽는 것이 힘든 정도가 아니라 고통스럽기까지 한 이 시대에, 문흥원 시인의 시집 원고를 읽게 되었다. 읽으면 읽히는 시, 쉽지만 가볍지는 않은 시, 운율이 살아 있는 비교적 짧은 시, 전통 서정시의 계보에 속하지만 낡은 심상이라고 볼 수 없는 시다. 제일 앞머리의 시를 보자.

밭둑에 웅대기는 쑥대를 뽑는다
쑥대 대신 썩다 만 목장갑이
쑥 뿌리 꼬옥 잡고 기어 나온다
올올이 스며든 쑥의 모세혈관이
햇살 아래 여리게 팔딱인다
목장갑을 떼어내다 말고
손아귀에 맴돌았을 힘을 꺼낸다
그 힘으로 인해 평안하였을
식솔들 까아만 눈동자도 따라 나온다
눈동자 밭둑 두리번거린 탓일까
발치에 흰 풀꽃이 환하다
–「가장의 무게」 앞 연

화자는 "밭둑에 웅대기는 쑥대를 뽑"다가 "썩다 만 목장갑"을 보고 '家長'을 떠올린다. 식솔을 먹여 살리느라 불철주야 일하지만 나이가 들수록 아내에게 밀리고 눌려 사는 것이 대다수 대한민국 가장의 운명이다. 한때는 목장갑을 낀 그 손의 힘으로 가정이

유지되었다. "어느 가장이 짊어진 / 무게의 근원을 / 소리 소문 없이 꺼내고 말았다"는 것은 이 세상 가장들이 진 짐의 무게를 충분히 알겠다, 그것의 가치를 인정하겠다는 뜻이 아닐까. 일종의 생활시라고 할까 일상시라고 할까, 삶에 뿌리내린 시가 시집의 제일 앞머리를 장식하고 있는 것이 의미심장하다.

문서에 도장을 찍던 때가 있었다
닭 피와 솜 버무린 자박한 인주에
그때 우윳빛 상아 도장 들어
암보셀리공원 푸르름을 찍었었다

뜨겁고 지루한 아프리카 햇살이
서랍 틈새로 비어져 내리는 시각이면
타들어 가는 벤두우마을을
터벅터벅 건너간 코끼리 가족의
울음소리도 찍었다

뜨거운 바람 몰고 저만치 멀리서
저녁이 오고 도회지 회색 물살에 밀리고 부대끼다가
파지처럼 구겨졌던 중년에도 밤이 왔었다
—「치통을 앓다」 부분

우리나라에서는 상아를 주로 도장을 만드는 데 쓴다. 사냥꾼들이 아프리카에서 멀쩡히 잘 살고 있던 코끼리를 죽여 상아를 얻는데, 가족 단위로 살아가는 코끼리 중 한 마리가 죽었을 때 남은 코끼리들의 슬픔을 시인은 헤아려보고 있다. 죽은 코끼리는 죽어서 슬프고 남은 코끼리는 식구를 잃어 슬프다. 시인은 코끼리 가족의 슬픔을 "저녁이 오고 도회지 회색 물살에 밀리고 부대끼다가 / 파지처럼 구겨졌던 중년"에 빗대어 노래한다. "상아가 제일 큰 자가 무리의 지도자"인데, 그 큰 상아 때문에 수명을 못 채우고 죽는다는 것은 얼마나 슬픈 일인가. 이 땅의 정리해고자, 비정규직 노동자들을 생각해보라. 아직 부양해야 할 가족이 있을 때, 실직 가장의 슬픈 초상을.

생각해보면,
코끼리 엄니가 그만큼 자라도록
살금살금 나도 따라왔었으리라
어디론가 사라진 상아 도장처럼
무리 지어 떠나간 그들의 몸짓처럼
잃어버린 것투성이인 내가

지독한 치통을 앓으면서
오십 중반을 슬쩍 넘고 있다
—「치통을 앓다」 부분

"지독한 치통을 앓으면서 / 오십 중반을 슬쩍 넘고 있"는 화자는 "무리 지어 떠나간 그들의 몸짓처럼 / 잃어버린 것투성이"다. 50대 중반이라는 나이를 상실과 소외로 인식하고 있는 시인이니만큼 마음이 많이 쓸쓸한가 보다. 중년, 장년, 노년을 지나면서 우리 생은 완성이 되어가는데, '결실'과는 거리가 있는 것이 사실이다. 평균수명이 연장되었다고 좋아할 일이 아니다. 나이를 먹는다는 것이 자신을 컨트롤할 수 없게 된다는 것과 동일한 의미를 지닐 때, 당사자보다도 가족이 '삶' 그 자체를 버거워하게 된다.

수 킬로미터 떨어진 곳에서
새끼 거미를 건드리면
어미 거미가 움찔한다는데

나를 건드리면
가까이에서라도
누가 움찔할까

치매 잡수신 어머니는
늦잠 습관 탓에
요양원 아침밥도 거르셨겠다

언제부턴가
내 손등에 나타난 갈색 반점은
어머니
왼뺨에 피어난
늦가을 광대버섯 빛깔이다
—「연緣」 전문

모자지간의 인연이란 천륜이다. 거미도 텔레파시가 있다는 것인데 하물며 인간이랴. 화자의 어머니는 요양원에서 생활하고 있는데 늦잠 자는 습관 때문에 종종 아침을 못 드시나 보다. 생각하면 안타깝지만 화자가 어떻게 해드릴 수 있는 상황이 아니다. 새끼 거미와 어미 거미의 연처럼 어머니와의 연을 "내 손등에 나타난 갈색 반점"과 "어머니 / 왼뺨에 피어난 / 늦가을 광대버섯 빛깔"의 유사성으로 본 이 시는 독자로 하여금 질긴 인연을 생각하게 한다. 하늘이 점지한, 끊을 수 없는 연이다. 이번 시집에서는 시인의 추억담도 종종 펼쳐진다.

그해 장마 끝 풍경이 또랑또랑하다
염리동 셋집에서 통기타 치던 그날
눅눅한 싸전 침침한 불빛 너머로
어깨에 무슨 짐 그리 무거웠을까
노고산 저녁 햇살은 힘겹게 넘는다

왁자하던 선술집 노랫가락도
야경꾼 딱따기 지나자 뚜욱 끊기고
우리들이 떠돌던 길을 거기 놓아두고
고단한 하루는 문지방을 넘어왔다

뚜렷이 쌓인 그날의 기억을
염리동 떠나온 주름진 마음이
이제야 문 열고 꺼내는 것은
아직 거기에 떠도는 따뜻한
눈망울 탓일 터이다
–「눈망울을 꺼내다」 전문

염리동은 부촌이 아니다. "셋집에서 통기타 치던 그날"이 시인의 어느 시절을 가리키는 것인지 알 수 없지만, 야경꾼의 '딱따기' 소리가 시에 나오니 60년대쯤이 아닐까. 그 "눅눅한 싸전 침침한 불빛 너머로 / 어깨에 무슨 짐 그리 무거웠"는지 "노고산 저녁 햇살은 힘겹게" 서산을 넘어가고, 우리들의 "고단한 하루는 문지방을 넘어왔다"고 한다. 뚜렷이 쌓인 그날의 기억을 뒤로하고 "염리동 떠나온 주름진 마음이 / 이제야 문 열고 꺼내는 것은", 그리고 "아직 거기에 떠도는 따뜻한 / 눈망울 탓일 터"라는 것은, 그 시절이 일종의 향수로 기억된다는 말이다. 가난하고 외로웠던 시절을 생각하고 싶어 하지 않는 사람도 있지만 이 시의 화자처럼 아늑한 그리움으로 회상하는 경우도 있다. 이제 더 어린 날로 거슬러 올라가 보자.

건어물전 아가미 꿰인 노가리들은
추억이란 말을 체념한 탓일까
누렇게 모두들 말라간다

앞자리 여학생 곱게 땋은 머리채
스윽 잡아당기고 의자 밑에 엎드려
웃음 참던 눈자위마다에
잔주름 더러 올라붙었다

기계충 옮은 까까머리에서
흰 가루 풀풀 날리며
헝겊 허리띠 졸라매던 손등에
검버섯 하나둘 밑자릴 잡고

—「몇이나 될까—초등학교 동창회」 전반부

초등학교 동창회에서 만난 친구들 이야기다. 앞자리 여학생을 내심 좋아했으니까 장난을 쳤던 것이리라. "기계충 옮은 까까머리"를 하고 있던 아이들이 어느새 중년이 되어 "손등에 / 검버섯 하나둘 밑자릴 잡고" 있다. "건어물전 아가미 꿰인 노가리들"처럼 "허우대만 멀쩡한 채 / 우리들도 어느샌가 / 말라가는" 것이다. 마지막 연이 가슴을 울컥하게 한다. 시가 회고지정으로 일관하면 '구태의연'을 벗기 어렵지만, 기억을 재구성하는 것 또한 시다. 시인이 떠올리는 옛날이 시 속에서 다시 살아난다. 아, 가버린 날이여. 우리는 모두 이제 인생의 내리막길에 서 있는 것을.

> 아득했던 그날의 순간들
> 슬며시 끼어들어 나도 여기 있노라고
> 지금 우리들 곁에서 울렁일 때
> 비틀거리지 않을 자 과연 몇이나 될까
> –「몇이나 될까–초등학교 동창회」 마지막 연

나이를 먹는다는 것은 옛일을 추억할 일이 많아진 현상을 이르는 것일지도 모른다. 살아온 세월만큼 할 이야기도 많은 것이다. 비애의 감정이 독자에게 진하게 전해져 온다. 이번 시집에는 이렇게 애잔한 황혼의 빛을 다룬 시가 많다. 하지만 시인이 역사의식을 구현한 시는 전혀 그렇지 않다. 박력이 있으며, 도전의식이 위풍당당하게 느껴진다.

> 일제 치하 떵떵거렸던
> 친일파 그 후손들이

소리 소문 없이 출몰하듯이
사자나 호랑이가 같은 과科라 하여
발가락 사이 발톱 꼭꼭 숨긴 채
째려보는
저 눈빛이 불길하다

어느 순간 열 발톱 모두 세우고
반드시 일어나리라 외치는 듯한
길냥이 저 눈빛이
심상치 않다
—「심상치 않다」 부분

친일파 후손들이 조상의 땅 되찾기 소송에서 계속 승소하다가 근년에 들어 패소하기도 한다고 알고 있다. 친일파 땅 국가 환수 조치 이후의 일이라고 한다. 친일파의 후손들은 교육을 잘 받아 법조계로 진출하였고(우리나라에서 법조인이 대체로 권력자가 된다), 독립운동가의 후손들은 교육도 못 받고 영락하여 사회의 최하층이 되었다. 시인이 보건대 친일파 후손들은 나의 조상이 누구요 하면서 떳떳하게 나서지는 않지만 호시탐탐 재등장의 기회를 노리고 있다. 뉘우침도 없다. "발가락 사이 발톱 꼭꼭 숨긴 채 / 째려보는 / 저 눈빛이 불길하"고, "어느 순간 열 발톱 모두 세우고 / 반드시 일어나리라 외치는 듯한 / 길냥이 저 눈빛이" 영 심상치 않다.

친일파의 후손들이 부와 권력을 손에 넣는다면 자신을 숨긴 채 우리 사회에서 영향력을 행사하지 않을까, 영 불안한 것이다. '친일파의 후손들이 조상의 죄상은 죄다 숨기고, 그 죄상을 덮기 위해 또 무슨 짓을 하지 않을까' 이런 우려가 담겨 있는 시다.

한 가지 사례를 든다. 서울행정법원 행정4부는 친일파 현준호의 손자인 H기업 대표 현 모 씨가 "정당한 대가를 지불하고 매입한 토지를 국가에 귀속시키는 것은 부당하다"라며 친일반민족행위자 재산조사위원회를 상대로 낸 소송에서 원고 승소 판결했다고 2009년 12월 13일에 밝혔다. 재판부는 "해당 토지는 현 씨가 정당한 대가를 지급하고 현준호의 다른 후손인 친척에게서 취득한 만큼 귀속 결정은 부당하다"라고 판단했다. 재판부는 "현 씨가 사전에 친일 상속 재산인 점을 알지 못했고, 적법 절차로 매입했다는 사실을 뒤집을 증거도 없다"라고 덧붙였다. 현준호는 1930년부터 8·15광복 때까지 총독부 중추원 참의 등을 지내면서 조선인의 학병 지원을 선동해 일제의 표창까지 받은 인물이다. 그 후손에는 대기업 회장, 장관급 인사가 있는 것으로 전해진다.

친일파로서 고위직에 오른 이들, 즉 을사오적, 을미칠적, 경술국적 등으로 불리는 이들은 나라를 팔아넘긴 대가로 일제로부터 땅을 받기도 했지만 제각기 토지 매입에 적극적으로 나섰다. 예컨대 대한제국의 농상공부대신이었다가 일진회 총재, 조선총독부 중추원 고문이 된 송병준이 전라도 어디의 비옥한 땅을 사겠다고 마음먹었다고 하자. 누구의 청인가. 그 땅을 갖고 있던 지주 모 씨는 시세의 반도 안 되는 싼값에 그 땅을 팔 수밖에 없다. 친일에 앞장서 부와 권력을 당대에 여한 없이 누린 이들의 후손이 조상 덕에 수천 평의 땅을 자기 소유로 하여 수백억 원을 갖는다는 것이 모순이 아니라 합법인 현실이 너무 슬픈데, 그것을 꼭 집어 말해준 시인이 고맙기만 하다.

'역사 국정화'라는 부제를 붙인 시를 보자. 실제로는 역사 교과서 국정화 사업을 갖고 쓴 시인데, 부제를 일부러 이렇게 붙였다. 박근혜 정부는 역사 교과서 국정화 사업에 50억 원에 달하는 엄청난 비용을 쏟아부었는데 주로 아버지의 치적이 강조된 기형적인 역사책이었다. 이 역사 교과서를 채택한 학교가 없으므로 하늘로 날린 돈이 되고 말았다. 그 돈을 서민들의 복지 정책에 썼더라면 어땠을까. 땅을 칠 일이다.

길가에 뒹구는 잔돌들도
숨소리 가다듬어 사초를 쓴다
풀대궁 한 켜 올릴 때마다
구름과 별과 바람의 스침을
꽃술 위에 가지런히 옮겨 새긴다

꽃술 위에 맴돌거나
색깔로 잠겨 있는 것들이 정녕
돌의 소리만은 아닐 것이다

길가 풀꽃을 꺾는 일은
바람과 별과 구름의 기록을
한순간에 짓밟는 일이다

누가 함부로 풀꽃을 꺾는가
몇몇 드센 목소리 앞세워
하늘의 지문을 짓뭉개려 하는가
선조의 숨결을 이 벌건 대낮에
아무런 고유告由 없이 끊으려 하는가
—「돌의 소리—역사 국정화」 전문

'사초史草'란 무엇인가. 사관이 기록하여둔, 실록을 쓰기 위한 초고가 아닌가. "길가에 뒹구는 잔돌들도 / 숨소리 가다듬어 사초를 쓴다"고 하거늘 한 국가의 수천 년 역사를 1년 만에 졸속으로 만든 것이 박근혜 정부의 '국정' 국사 교과서였다. 시의 제3연이 가슴을 친다. 전 대통령과 몇 명의 심복이 "바람과 별과 구름의 기록"인 "길가 풀꽃"을 꺾었다. "몇몇 드센 목소리 앞세워 / 하늘의 지문을 짓뭉개려" 했으니 시인은 도저히 참을 수 없어 저 돌의 소리를 들어보라고 외친다. 그리고 "선조의 숨결을 이 벌건 대낮에 / 아무런 고유 없이 끊으려 하는가" 하고 볼멘소리로 외치고 있다. 교과서는 집필진도 엉망이었던 것이, 현대사 부문 집필자 여섯

명은 모두 법·북한·정치 외교·경제·군사학 전문가로, 순수 역사학자는 한 명도 없었다. 시인의 역사의식이 잘 나타나 있는 시를 한 편 더 보도록 하자.

이승에 왔다 가는 길도 허기졌다
갑오농민전쟁 끝자락에
헛간 정분 얼마나 뜨거웠던지
마을에 흘러온 코흘리개 용새미는
큰대문집 마름으로 홀로 지내다가
붉은 흙 질펀하게 깔고 누웠다

이웃들과 함께 바닷일을 그리는가
발치에 밀물 드는 갯바람 소리

가뭄 끝 열흘을 꼬박 굶다가
뱃가죽 눌러 붙어 훌쩍 마을 떠난 후
그 누구도 여기 찾는 이 없어
무성한 잡초 이불 끌어당긴다

피붙이는 도대체 무슨 말인지
절레절레 머릴 흔드는 다복솔
주인 영감께 작대기 맞는 날이면

뒷산 솔밭에 납작 엎드려
괴성인지 신음인지 울부짖었다는 그,

누운 이들에게 이제 일어날 때라고
죽창 들고 드달렸던 애비 닮은 탓일까
무너져 가는 봉분들 사이에
유독, 한 곳만 짙푸르다
—「공동묘지 부근 2-어느 봉분」 전문

이 시는 한국 근대사의 한 자락을 보여주면서 어느 한 가문의 가족사와 개인사를 동시에 말해주는 입체적인 시다. 갑오농민전쟁 당시 수많은 농민이 죽었다. 이 전쟁의 끝 무렵에 죽은 농민의 아들인 코흘리개 '용새미'는 마을로 흘러들어 와 '주인 영감'의 '마름'이 된다. 말이 좋아 마름이지 종이었다. 주인 영감한테 작대기로 맞기도 했지만 잘 섬기다가 죽고 만다. '공동묘지'는 갑오농민전쟁 때의 사망자 묘일 테고, 훗날 용새미도 죽어 이 묘지에 묻히게 되는데, 묘하게도 "무너져 가는 봉분들 사이에"서 유독 용새미의 봉문만 짙푸르다. 한이 많다는 뜻일 것이다.

이번 시집의 시편 가운데 현대적인 감각을 보여준 것이 드물기는 하지만 몇 편 있다.

남산 팔각정 주변 전망대에 가보라

선남선녀의
영원할 것 같은 묵계를
입 다문 자물통이 지키고 있다
마음속에 새겼을 사랑의 다짐을
자물통을 들추며 증명하려 드는 자의
속내는 정말로 속수무책이다
–「흔적을 남기는 일은」 제3연

아닌 게 아니라 남산 팔각정 주변 전망대에 가보면 사랑의 맹세를 자물통을 채우는 것으로 해놓은 것을 수도 없이 보게 된다. 아마도 그중 반은 헤어지고 말았으리라. 이런 인위적인 사랑의 맹세에 대해 시인은 "돌아올 순간의 증거를 위해 / 여기저기 흔적을 남기는 일은 / 아무짝에도 쓸모없는 일이다"라고 선남선녀들의 맹세 행위를 부정한다. 세상에 영원한 것이 과연 있을까 하는 의문은 인간의 마음이 변화무쌍하기에 생긴다. 그런 마음을 일관되게 지키는 것이 맹세이며, 맹세는 변함없는 사랑으로 이어진다. 마음이 변해버린 연인들이 얼마나 많을지 알고 있는 이가 그 자물통을 들춰보고 있다.

오늘날 어디를 가나 설치되어 있는 CCTV도 범죄 예방이나 범인 색출에 도움이 되지만 인권 침해의 요소가 있다고 비판한다.

검은 정장만이 내 옷이라고 했다

발끝 꼿꼿하게 세우고
어둠 끝까지 파수해야 한다
천형天刑처럼 묶인 몸통과 얼굴에
찬비 칼바람 휘몰아쳐도

눈 뜬 채 드는 잠을 어찌 잠이라 하겠는가
몸 안에 스며든 풍경들이 부글댄다
간밤 대머리 사내와 여자가
담장에서 나눈 몸짓만 또렷하다

누군가 나를 노려보고 있다

부끄러운 일 한 적 없는데
차마 고개를 들 수가 없다
—「씨씨티비」 전문

눈알처럼 생긴 CCTV는 밤이나 낮이나 사람을 감시한다. CCTV 아래 남녀가 함께 있으면 아무 관계가 아닐지라도 CCTV가, 즉 그것을 설치한 자가 본다면 의심을 할 수 있는 것이다. 아무 죄를 짓지 않고도 CCTV 아래서는 죄책감을 느끼지 않을 수 없으니, 현대 물질문명이야말로 거대한 감시 체제인 빅 데이터를 가동하는 가공할 위력을 보여준다. 우리의 일거수일투족을 누군가 계

속해서 보고 있다니, 얼마나 소름 끼치는 일인가.

또 한 편의 현실 풍자시를 보자.

소위 유명 인사가 죽었다

억장 무너지게 했던
비열한 행실을 모두 감추고
영정 속에 버젓이 웃고 있다

발끝으로 서려 했던 자를
지금
흰 국화들이
위태롭게 붙잡고 있다

국화 더미에서는
그 어떤 향내도 번지지 않는다

—「노자시편 9—기자불립企者不立」 전문

"발끝으로 서려 했"다는 것은 『도덕경』 제24장에 나오는 말로, 발뒤꿈치로는 오래 서 있을 수 없다는 말이다. 금방 진실(혹은 진심)을 들키고 만다. 이 시에서 유명 인사는 정치가가 아닌가 싶다. "발끝으로 서려 했던 자"를 지금은 흰 국화들이 위태롭게 잡고 있으니 화무십일홍이요, 권력 무상이다. 대통령이 되고 싶어 한 사람은 수십 명에 달했지만 한 명이 당선되었다. 그리고 해보았자 5년이다. 『노자』를 읽으면 얼마든지 욕망에서 벗어나 '대인'이 될 수 있는데 우리는 대개 '소인'의 삶을 살아간다. "억장 무너지게 했던 / 비열한 행실을 모두 감추고 / 영정 속에 버젓이 웃고 있"지만 화자는 그가 위선자임을 알고 있다. 그래서 국화 더미에는 그 어떤 향내도 번지지 않는 것이다.

이러한 인간 풍자, 현실 풍자가 다른 시에서도 보인다.

모든 비어 있는 것은
소리가 난다
요란한 소리일수록
비어 있는 공간이 넓다
새어 나가지 않는다고
믿는 것은 정작 자신뿐이다
―「고목古木」 제1연

선지자의 목소리 잠긴 지 오래이다
입술 마른 기도문을 중얼거리며
강은 차츰 메말라간다
고도Godot를 기다리던 사람들은
나무 끝 내려앉을 새들을 기다리다

어둠이 오기 전에 깊이 잠들었다
우레와 번개
산골짜기 빠져나간 지 오래,
—「웅크린 자들의 눈물」 제1연

이런 시는 우리가 잃어버리고 있는 것들, 잊고 사는 것들에 대한 힘찬 메시지다. 우리는 자아를 망실하고 타인을 무시하며 살아간다. 우스갯소리로, 스님도 신부님도 운전대를 잡으면 욕을 예사로 한다고 한다. 배려의 문화가 아니라 안하무인의 문화가 우리를 슬프게 한다.

사람들 각자가 자신에 대해 잘 안다면 타인에게 거울이 된다. 자신을 잘 아는 사람이 타인의 마음도 잘 헤아릴 수 있다. 인간의 감정과 마음은 타인에게 비춰볼 수 있도록 조직되어 있다. 그래서 세상에는 나 아닌 타인들이 존재한다. 그들에게 투영된 나는 어떤 모습일지를 우리는 거꾸로 그들을 통해 알게 된다. 그러나 착한 사람에게는 오히려 상이 주어지지 않으니, 잘못된 일이다. 성실하지 않고 술수에 능한 사람이 잘나가고 있으니, 옳지 않은 일이다. 이러한 잘못된 세태에 대한 불만이 시인에게 몇 편의 현실 풍자 내지는 비판의 시를 쓰게 하였다.

이 외에도 해외여행의 결과물인 시, 자연 예찬의 시, 기억의 시, 추억의 시 등이 있는데 이런 것들까지 다 소감을 말하면 독자의 몫이 사라질 터이니 이만 줄이도록 하겠다. 아무쪼록 이번 시집을 계기로 문 시인이 더욱 높게 도약하기 바란다. 절차탁마, 일신우일신, 빠르게 변하는 세상을 시인은 놓치지 말아야 한다. 금세 지나가 버릴 그 어떤 현상, 거기에 시인이 찾는 시가 기다리고 있을 것이다.

황사가 온 저녁

초판 1쇄 2017년 6월 16일
지은이 문흥원
펴낸이 김영재
펴낸곳 책만드는집

주소 서울 마포구 양화로3길 99 4층 (04022)
전화 3142-1585·6
팩스 336-8908
전자우편 chaekjip@naver.com
출판등록 1994년 1월 13일 제10-927호

ISBN 978-89-7944-618-0 (04810)
ISBN 978-89-7944-354-7 (세트)